ANKE GLASMACHER

OBSTKISTENPUNK

D1729705

IMPRESSUM

Veröffentlicht im ELIF VERLAG

Erste Auflage: März 2018

Alle Rechte vorbehalten

Lektorat: Ali Al-Nasani

Coverbild: Anke Glasmacher

Autorinnenporträt: Dincer Gücyeter

Layout: Ümit Kuzoluk · UEPSILON.

ISBN: 9-783946-989059

Die Welt bleibt ein absurdes Kopfkino, es gibt keine rettenden Ufer.

Ali Al-Nasani

Der Theatermacher

der theatermacher ist tot. tot. einfach so gestorben.

mit geräderten augen betrat er, wie immer, den zuschauer-raum. ganz hinten, hochparkett. dort, wo er stand, war der teppich noch ausgefranster. zum haare raufen. er wartete auf das publikum. sein publikum.
auf der bühne bauten sich die schauspieler ein bild.

das publikum trat ein und verteilte sich stück für stück auf die gekauften sitze. cola in der einen hand, ein gespräch an der anderen. es saß da. und starrte nach vorne. auf die bühne. die sich drehte wie eine in eis gefasste scholle. die schauspieler standen auf und wurden gleich wieder weggedreht.

nach 15 sekunden sah das publikum die schauspieler wieder. geschminkt. stotternd. es spuckte einen düsteren, trockenen husten aus. der regisseur warf bonbons hin. im großen saal bebte das parkett.

der theatermacher rief seine mutter an. er fürchtete sich vor dem tod. und manch einer sagte, der tod fürchtete sich auch vor ihm. herzlichen glückwunsch zum geburtstag, sang das publikum. zu ehren der mutter. auf englisch. sie waren eins. das publikum und sein macher. gerade in dem moment, in dem die schauspieler wieder weggedreht wurden.
lippenbekenntnisse, sagte das publikum.

schwitzend wankte der regisseur über den teppich, die treppe hinauf. ein stück seines weges war von diesem echten theaterteppichrot. im hochparkett fand er endlich die schuhe, die groß genug waren. sagte er. und ergriff den mann, dem sie gehörten. den geschliffenen bart würde er abreißen. aber zuerst nahm er sich seine schuhe. wunderschöne braune schuhe, die unangenehm aussahen auf diesem theaterteppichrot. er schaute einfach nicht hin, während er sie ihm vom fuß schälte. den mann nahm er mit und stellte ihn auf die bühne.

es war der theatermacher. tot. und ohne einen einzigen fuß.

Im Schatten des Haselnussbaumes

sie trafen sich auf dem friedhof. der haselnussbaum
stand nicht mehr. im grab lagen zwei.

„das glaube ich jetzt nicht", sagt sie zum auftakt.
noch bevor sie die gießkanne abgesetzt hat.

„der glaube liegt hier begraben", denkt er. vielleicht
antwortet er auch.

„du siehst grau aus", grüßt die mutter. so herzlich, wie es
geht. nach so vielen geburtstagen.

er fühlt sich grau.

er schweigt. er hat überhaupt viel geschwiegen.

„das glaube ich jetzt nicht!" betont die mutter. dieses
mal schüttelt sie ihren kopf. ein refrain. ein monochromer
chor harkt blumen und haselnüsse aus den gräbern.

er denkt nach:

nichts.

noch einmal kann die mutter den satz nicht sprechen.
sonst wird er zur wiederholung. die mutter. früher sind haselnüsse erst im herbst gefallen.

er greift ins leere.

„ich habe mich für dich entschieden", sagt die mutter.
eilig. damit kein blatt dazwischen kommt. der nicht geworfene
stein.

entscheidungen sind wichtig, denkt er.

ihre steine sind felsbrocken. sie fallen nicht vom
herzen. wenn sie fallen, kullern sie als kiesel. höhnisch.
sie füllen flüsse. und lassen sich nicht übers wasser schnippen.
niemals.

„ich hätte auch andere haben können", sagt die mutter.
den nachbarn, sieht er in ihren augen.
„ich bin wegen dir geblieben", sagt die mutter.
jetzt stakkato. im haselnussregen.
„stell dir mal vor", sagt die mutter.
er stellt sich nichts vor.
„wenn das, was sie mir all die jahre"
150, denkt er, als er sie ansieht.
„vorgeworfen haben. wenn das stimmen würde.
denk doch mal darüber nach"
er denkt darüber nach. den ganzen moment.
„was würde das für mich bedeuten?" sagt die mutter.
er fragt sich, was das bedeuten würde.
„siehst du", antwortet die mutter.
„genau." sagt die mutter. punkt. und dann nickt sie sich
das genau! mit einem ausrufezeichen aus dem kopf. einen
anfang hat es nie gegeben

sie hebt wieder steine. es sind schon eine menge kiesel
zusammengekommen. stellt sie fest. ein paar klemmen unter
ihrer schuhsohle. es reicht nicht, sie vom grab zu fegen. die
steine kleben an ihr. da ist keine entscheidung.

kein haselnussbaum wirft mehr schatten. oder nüsse.
auf den kieselweg.
er wischt noch einmal über den grabstein der mutter.
die mutter stellt eine kerze auf das grab ihres sohnes.
dann hakt sie sich bei dem anderen unter.

Die Tochter des Buchhändlers

die kastanien fielen immer zu früh. sie plumpsten auf die leicht abschüssige rasenfläche und kullerten auf die straße. dort überfuhr sie der traktor des bauern. wie ein nussknacker. es war sein kastanienbaum, der an der offenen einfahrt vor seinem hof stand. ein rechter torwächter. den bauern sah sie nie, wenn sie die kastanien aufsammelte und mit in die schule nahm, manche noch in ihrem stacheligen grünen gehäuse. seine frau winkte selten. manchmal stellte sie zwei gläser frische milch neben die schale für die katze. in der schule bastelte sie kleine kastanienmännchen, die eine weile beim bauern auf dem schrank stehen durften. kleine braune wächterkastanien auf streichholzbeinen.

der nachbar des bauern hatte keinen kastanienbaum, keinen traktor, nur einen hölzernen zaun. für einen tag in der woche besuchte er sein haus und bewohnte dann die garage. eine dunkle garage, in deren mitte eine schmiede stand. mit dem schmiedehammer schlug er seine messer gerade. bis in die nächte hörte man, wie der hammer auf den eisernen amboss fiel.

wenn die zeit der kastanienmännchen vorbei war, schlich sie auf sein grundstück und nahm von seinen margeriten. sie flocht einen armvollen strauß und schenkte ihn der frau des bauern. für tage brachten die frischen blumen ihr ein lächeln. sie platzierte sie neben den stummen bücherhüllen, die der buchhändler einmal im monat draußen auf die fensterbank stellte.

es war zwischen der kastanien- und der margeritenernte, da stand der nachbar mit einem gewehr im hof des bauern. die polizei sagte friedliebend: solange er nicht schießt. die beamten kickten noch rasch ein paar tote singvögel vom bordstein. so erzählen sie es sich heute noch im ort. später erschoss der nachbar die frau des bauern, den buchhändler und die erzählerin. jetzt blühen das ganze jahr margeriten auf ihren gräbern, sagen sie im ort. ein meterhoher kastanienbaum spendet schatten, wenn die kinder im viel zu frühen herbst neue kastanienmännchen auf die grabsteine stellen und die ausgestorbenen singvögel die jahreszeiten bewachen. der nachbar hat unsere seelen nicht erreicht, sagt die frau des bauern. der buchhändler nickt. im wohnzimmer des bauern stehen jetzt immer eine armvoll bücher, die neuesten stets gut sichtbar auf der fensterbank. so hat es mir die tochter des buchhändlers erzählt.

für asli erdogan

An der Tür

sie wollte nicht eintreten.

der onkel war gelb. wächsern stand er in der geöffneten haustür und hing etwas hilflos in diesem plötzlichen lichteinfall. hinter ihm fiel ununterbrochen putz herunter und offenbarte großflächigen schimmelbefall. in der luft hing sein fahler gesichtsgeruch. er lächelte.

sie wich zurück, unwillkürlich und gerade nur so viel, dass es nicht unhöflich wirkte. dass sie sich erschrocken hatte, war nicht mehr zu überspielen.

aus der dunkelheit und dem schimmelbefall trat die tante. mutter, sagte der onkel zu ihr, wenn er sie ansprach. eine frau, die kein alter hatte. auch sie war gelb. und stand dann neben dem onkel im türrahmen. voller umarmung.

ihre nasen schienen sich an den geruch gewöhnt zu haben, dachte sie. wie schnell das geht. an gar nichts konnte sie sich gewöhnen. sie starrte in das haus, vor sich, in lauter gelbe gesichter. überall blieb sie hängen. klebte sie fest. in diesem licht, das weiterhin schonungslos in den wohnungsspalt fiel.

worte hatten sie immer noch keine miteinander gewechselt.

aus dem hintergrund arbeitete sich die tochter des onkels und der tante heran. das ist deine cousine, hatten die eltern ihr vorher noch rasch erklärt. vielmehr: hingeworfen. die cousine schäumte vor freude aus den mundwinkeln und streckte ihre verformten hände aus dem haus. sie griff in ihr gesicht, leichtfüßig sprangen ihre verkrampften finger von der nase über den mund und umrandeten sorgsam ihre augen.

sie strahlte. und spuckte wörter nach draußen, ihr geradewegs ins gesicht. ganze willkommenssätze klebten nach wenigen minuten auf ihrer wange. ihre cousine griff in die fremden sonnenstrahlen und hielt sie umschlungen.

die tante fiel der tochter in die arme und schob sie rasch zurück. der gelbe onkel atmete tief und schloss die tür.

sie hörte noch, wie ein besonders großes stück putz herunterfiel.

Im Kreidekreis

sie lag da. am bordstein. vermutlich vergessen.

auf den straßen stand die atemluft der schornsteine.
grau hing der morgen in den häusern.

die alte im erdgeschoss drehte sich auf ihrem quiet-
schenden bett. sie roch und dünstete durch die schwere
holztür in den hausflur. unter dem fenster ihrer wohnung
bröckelten die einschüsse aus zwei weltkriegen. in der nacht
waren an der kohlenbraunen wand die graffiti erneuert
worden.

die alte schnarchte mühsam weiter.

ein einweghandschuh klebte auf der straße. festgefro-
ren. wo sonst der vietnamesische zigarettenverkäufer stand,
waren die umrisse einer menschlichen gestalt auf den asphalt
gemalt. eine kehrmaschine schleuderte verfaulte ahornblät-
ter, drei kronkorken und einen aschenbechergroßen haufen
zigarettenstummel in den rinnstein. ohne den aufgemalten
körper zu verwischen.

aus der kettwurst floss unentwegt blutiges ketchup.

Die rote Frau

„wir haben zwei gesichter", sagte sie. sie liefen im gegenlicht durch den wellenschaum. zwei frauen, glaubte er. ihre schwarze silhouette bewegte sich entlang der wasserkante. eine möwe hüpfte aufgeregt hinter einer krähe her. er beobachtete sie.

ein roller tuckerte die kleine anhöhe hinauf. metallicgrün. vor dem kleinen staubigen supermarkt stieg eine frau ab. ein roter kaputzennicki hielt sie zusammen. sie ging in den supermarkt, kam nach nur wenigen minuten wieder heraus, schob den roller ein stück die straße hinunter, kletterte auf den sattel und rollte davon, ohne den motor anzulassen.

er nippte an seinem frappucchino.

die zwei frauen hatte das gegenlicht verschluckt. oder der wellenschaum. so genau verfolgte er das nicht. erneut kam der roller mit der nickiroten frau über die anhöhe. sie fuhr vor den supermarkt, wendete und fuhr wieder hinunter.

das eis im frappucchino schmolz.

unter den schaum zog ein dunkelbrauner kaffeerand. ein paar vernebelte sonnenstrahlen legten sich auf das meer. metallicgrün. ein hund kam um die ecke. die flecken auf seinem fell tanzten zu seinem gang.

ganz schön alt, dachte er. ein alter fleckiger hund.

fleckig wurde auch der himmel. die nickifrau tuckerte erneut die anhöhe hinauf. dick ist sie, dachte er und starrte auf den grund seines frappucchino. metallicgrün. eine farbe aus den späten siebzigern. dachte er. bevor die frau wieder die anhöhe hinunterrollte. dieses mal hatte er auf die uhr geschaut. der alte hund lag schon in der kurve. zusammengehalten von einem roten kaputzennicki.

Obstkistenpunk

dreckig, stickig, eng. das war ihre einzige erinnerung. neben dem unwillkürlichen nasenbluten, das wie ein störender regenschauer eingesetzt hatte. schwarze nebelschatten dünsteten aus den kohleöfen. tag für tag zogen sie über die straßen bis in die höfe und klebten sich als schwarze schatten dick auf die hausfassaden. die gleiche trockene hitzige luft stand auch im keller.

sie stand orientierungslos unter zwei kleinen ovalen lampen, deren licht es kaum zur gegenüberliegenden backsteinwand schaffte. in der dünnen schicht zwischen der decke und ihren haaren verharrte ein klangteppich aufgeregter stimmen. immer wieder wurde sie von jemandem angestoßen. meistens (nicht immer) folgte ein entschuldigendes, fast schon verschwörerisches lächeln. als würde das anstoßen hier dazuzählen. zu ihr. zu dem raum. zu den dreckigen schwaden.

mit der zeit wurde sie weiter geschoben. viel zu viele menschen drängten durch den viel zu engen keller. irgendwann gab sie ihren widerstand auf und ließ sich eine weitere staubige treppenstufe hinunter führen. als niemand mehr schob, stand sie im wohl größten kellerraum des hauses. 2. UG. ohne weitere unterteilung. das geräuschgemisch hatte sich unbemerkt zu einem vereinzelten nuscheln verdichtet. und es kam nicht mehr aus dem menschenkörper, der sie in den raum geschoben hatte, sondern aus zwei menschen, die auf einer obstkiste standen. alle anderen saßen inzwischen. auf stühlen. in einem keller. in ostberlin. und lauschten der stadt.

das ist berlin, strahlte k. ostberlin, dachte sie. aus einem gänzlich rußgeschwärzten gesicht, und strahlte zurück. wie sie immer zurückstrahlte, wenn sie wusste, dass etwas nichts mit ihr zu tun hatte. sie gehörte nicht dazu. vielmehr dachte sie darüber nach, warum an der straßenecke vorhin kühe auf der häuserwand geweidet hatten?

sie hatte diese durchscheinende haut. auf der der ruß bis in die seele abfärben musste. dachte sie.

und kleine augen, sagte k.

knopfaugen, sagte die mutter, die dabei ihre stofftiersammlung im kopf gehabt hatte.

in den kleinen runden augen gab es keine iris. alles war eins. sie hielt ein buch in der hand. ihr buch. das sie geschrieben hatte. und las darin. es hatte im regal des theatermachers gestanden. der jetzt tot war. übrig gelassen hatte er dieses eine buch. in dem sie ihre geschichte notiert hatte. notieren wollte. ein leeres buch. die seiten waren schon lange nicht mehr weiß. kaum hatte sie das buch aufgeschlagen, übersäte der ruß alle seiten. mit dem finger strich sie gedankenlos buchstaben hinein. weiße linien, verteilt auf eine seite. k stupste sie mit dem ellenbogen an. die zwei menschen standen immer noch auf ihrer obstkiste und nuschelten. sie wusste nicht, ob sie sich daran später noch würde erinnern können.

der einzige rote faden des abends blieb ihr nasenbluten. das blut sprenkelte aus ihrer nase, direkt auf ihren kapuzenpullover. rot und hell. auf ihrem gesicht verteilten sich die kleinen spritzer zu größeren schwarzen punktansammlungen. wie ein negativ belichteter marienkäfer musste sie aussehen.

auf der bühne griff die frau mit beiden händen nach ihrem gesicht. es musste sie beeindruckt haben, dass sie aussah wie ein marienkäfer. ein negativ belichteter marienkäfer, wollte sie klarstellen. sie sieht aus wie david bowie, dachte sie, als die frau sich von ihrer obstkiste zu ihr beugte und ihr ein stück monolog ins gesicht spuckte. über die marienkäferpunkte, die nun ein stück weiterliefen. das ist tilda swinton, raunte k. sie wohnt auch hier. sagte k, bewundernd. sie war unsicher, ob sich das mit der bewunderung mehr auf tilda swinton (wer war das?) oder auf den keller oder auf ostberlin, berlin, sagte k, bezog. der monolog klebte nun in ihrem gesicht. die frau hielt immer noch das buch des theatermachers in ihren händen. ihr leeres buch.

3:45 Uhr

sie saß in einem taxi und fuhr zur wohnung eines fremden mit sechs dollar in der tasche.

die stimmung war umgeschlagen, ohne dass sie es bemerkt hatte. einige lichter vom hotel gegenüber drangen durch die braunen gardinen. 3:45 uhr. durch die geöffneten luken kroch das rauschen der stadt. unten auf der straße räumte die müllabfuhr die abfälle aus den hintereingängen.

sie war kurz eingeschlafen. am horizont legte das sechs-uhr-licht einen cremefarbenen schleier über die wolkenkratzer. sie hörte schüsse. kurz und kalt drangen sie über die straße. das rauschen der stadt hatte sich verändert.

sie fühlte sich betäubt, als sie auf die straße trat. kurz vor der ampel bremste das taxi noch einmal. ihr taxi. sie zählte in der hosentasche die münzen ab. es fehlten sechs dollar. sie war angekommen. ab hier ging sie zu fuß.

punks, obdachlose und freaks griffen nach ihr. sie ließ es geschehen. zu undeutlich kam ihr die dunkle menschenmenge vor, die sich an der straßenecke versammelt hatte. es war laut und schrill. niemand außer ihr war auf der straße. der wind von der bay zog durch die schmale straße.

sie schälte sich aus dem bett unter die dusche. normalerweise fing auf dem flur nun das reinigungspersonal an zu staubsaugen. die ganze zeit hatte sie das schon gestört.

draußen blieb alles still. vielleicht, dachte sie, ist der wasserstrahl zu laut. sie zog sich an, schaltete CNN ein. kein hinweis darauf, warum die reinigungskräfte nicht kamen. von der straße hörte sie wieder schüsse. schnell, trocken. am himmel verschwand der dunst. der tag würde sonnig werden.

sie ging zum aufzug. der concierge von der rezeption, der sie fast jeden tag mit buchempfehlungen, restauranttipps und einem stadtplan versorgt hatte, fehlte. sie holte sich in dem kleinen laden gegenüber einen sesambagel mit erdnussbutter. das französische pärchen hinter ihr wirkte nervös. vielleicht kam ihr das auch nur so vor. die sonne zwängte sich an den wolkenkratzern vorbei auf die straße. an den zeitungsständern stank es nach urin. da fuhr auch schon der wagen der straßenreinigung vorbei und spritze ihr den gestank vom bürgersteig auf die füße.

sie sprang in den fahrenden bus. eine ältere dame stand auf und bot ihr ihren platz an. als der bus plötzlich bremste, stürzte die alte frau zur windschutzscheibe, dort, wo die fahrerin saß, nur ihre schulter blieb eigentümlich schräg dort hängen, wo sie sich vorschriftsgemäß festgehalten hatte. ein junger mann schlug erst mit dem kaffeebecher, dann mit seiner brille und schließlich mit dem ganzen kopf gegen die trennscheibe. die chinesin neben ihr pochte mit ihrem gehstock auf den busboden. sie schrie. sie wollte gehen, so viel verstand sie. aber sie konnte nicht gehen, solange ihr knie in der fensterscheibe feststeckte. still stand der bus mitten auf der straße mit diesen eigentümlich ineinander verwobenen fahrgästen.

sie stieg über kaffee und blut an den sanitätern vorbei aus der zersplitterten tür und lief zu den drogendealern, den alkoholikern, den obdachlosen. haight ashbury. sie setzte sich eine spritze. jetzt gehört sie dazu, sagte eine stadtführerin in ihr mikrofon und winkte die touristen vom oberdeck herbei.

auf den straßen war niemand. noch nicht einmal staub. der schweiß vom pacific klebte überall an ihrem körper. über den hügeln stieg schon wieder dunst auf. der fremde steckte die sechs dollar ein und verschwand in einer wohnung, als die welle den strand hinaufrollte.

Mit der Abendmaschine

leicht gelangweilt drehte er seine runden auf dem band. immer im kreis. so ging das schon seit drei maschinen. genauer gesagt seit flug LH459 aus san francisco. der packer warf einen riesengroßen bunten rucksack vor ihn. mit ihm fuhr er zwei gemeinsame runden. in der nächsten spreche ich ihn an, dachte er. aber es gab keine nächste runde. kurz bevor sie wieder für momente nach draußen verschwanden, sprang eine junge frau auf ihn zu und zerrte den rucksack herunter. wilde dunkle locken, trekkingboots und ein wirrwarr noch bunterer kleider sah er vorbeigleiten. dann ruckelte er auf den schweren gummiplatten wieder nach draußen.

einige platten vor ihm klebte ein frischer kaugummi. ein unerreichbarer gräulicher fleck, auf den er unentwegt starren musste. ihm war schwindelig. in der großen neonhellen halle war längst niemand mehr. er musste eine entscheidung treffen. mit einem kurzen nicken verabschiedete er sich von dem kaugummi, der gerade wieder nach draußen abbog. jetzt, dachte er. beherzt schwang er sich vom band und bewegte sich über den glänzenden granitboden nach draußen. vorbei an werbeflyern und schnäppchenangeboten.

geräuschlos öffnete sich die glastür zur eingangshalle. die check-in-schalter waren verlassen. am coffeeshop tropfte noch etwas kaffee aus einem umgefallenen becher. er nahm die rolltreppe nach draußen. ein taxifahrer hielt ihm den kofferraum auf. er setzte sich hinters steuer und fuhr los.

es regnete in strömen. das rote licht der ampeln spiegelte sich in den pfützen. er versuchte, größere wasserstellen auf der straße zu meiden. in einer sackgasse hielt er an. die straße wurde von quadratischen häuserzeilen umrahmt. der taxifahrer öffnete ihm die tür. er dankte mit ein paar münzen. die haustür fiel ins schloss, da war er schon mit dem alten aufzug richtung dachgeschoss unterwegs. treppenabsatz für treppenabsatz. abwechselnd an marmor und alten dielen vorbei. der aufzug hielt in seiner wohnung, und er stieg aus. die nacht blickte in sein versteinertes wohnzimmer.

sie stand gegenüber auf dem balkon und rauchte. er sah ihr kleid im wind und die aufglimmende zigarette. er räumte schuhe, hemden und anzüge in die passenden schubladen und schloss sie ab. ihre silhouette war im mondlosen nichts der nacht verschwunden. er warf ihren schlüssel fort.

Das Viertel

das paket war schön verpackt. es lag auf dem treppenabsatz. ein wenig zu symmetrisch an der stufe ausgerichtet.
er wusste nicht, ob es das war, was ihm aufgefallen war. wie
vollendet dieses paket vor seiner wohnungstür abgelegt war.
er erwartete gar kein paket. so ein schönes.

ein modriger gestank hing über der stadt und kippte
mit jedem windstoß zurück in die wohnung. sie war dunkel,
und er war lange nicht mehr hier gewesen. achtlos ging er an
dem brotmesser vorbei, das er nach dem spülen nicht in den
besteckkasten zurückgelegt hatte. mit dem brotmesser könnte
er jetzt das paket öffnen. es lag immer noch auf dem treppenabsatz. er war darüber gestiegen, ohne es zu berühren.

wenn er aus dem fenster seines lofts guckte, sah er den
park. und die altbauten, aus deren erdgeschoss eine eisdiele
und eine menschenschlange hervorschauten. eigentlich,
so dachte er, kennt niemand dieses viertel. im frühjahr
blühten die japanischen kirschbäume in der straße. die blüten
sammelten sich zwischen den scheibenwischern der dunklen autos, mit denen nie jemand fuhr. wenn er sie endlich
wegfegte, waren sie längst braun.

am himmel umkreiste ein raubvogel, vielleicht ein
bussard, den kondensstreifen eines flugzeuges. aus der ferne
sog er mit seinem blick eine maus aus ihrem versteck.

in seiner neuen wohnung hatte er sich abgetretene,
bullenblutige dielen verlegen lassen. beim hin- und herlaufen
sollte es so klingen wie bei seinem nachbarn.

den nachbarn kannte er nicht. aber er hörte nachts seine knarzenden schritte. edgar-wallace-schritte. er stellte ihn sich in schwarz-weißen bildern vor. sein haus allerdings war betongrau. ein viereckiges haus mit rundumblick. sein loft, sein graumetalliges loft mit knarzenden alten holzdielen, hatten sie einfach oben auf das dach gebaut. damit er über die straße, das viertel, den park gucken konnte. die zeiten, in denen die basketballer im frühjahr die massen zu den playoffs in die halle zogen, waren lange vorbei. die basketballer waren längst genauso weitergezogen wie der raubvogel und das flugzeug.

auf der straße vor seinem haus führten baugerüste und bewohner einen ungleichen kampf. es war wie bei tetris. immer gewannen die gerüste. wenn sie weitergezogen waren, wenn das spiel vorbei war, stand die hausfassade nackt, fast schamvoll entblößt in einer reihe mit vielen anderen, gleich aussehenden. manchmal, nachts, wenn er auf dem balkon stand und rauchte, starrte er so lange auf das neue nackte haus, bis ihm schwindelig wurde und er kurz aufwachte und sich fragte, was er dort tat. nachts, auf dem balkon. nackt, in seinem eigenen kaffeegeschwängerten urin.

im fernsehen lief ein finale. nichts großes. sein loft bot 180 quadratmeter platz, um den nachbarn einzuladen. nur tat er es nicht. er beobachtete die neuen in dem nackten haus. ein kind saß mit am tisch. es schmierte sich ungelenk eine scheibe brot. unablässig beugten sich die nachbarn zu dem kind und deuteten hierhin und dorthin. manchmal erfand er dialoge, die er den nachbarn in den mund legte. ob er jetzt das paket holen sollte?

als es draußen wieder hell geworden war, parkte ein mannschaftswagen der polizei vor seiner tür. sie brachten ein zweites paket. auf dem dritten, es lag auf dem balkon, saß der bussard. er hielt schon das brotmesser bereit. die nachbarn aus dem nackten haus standen am fenster und hielten das vierte paket. tetris, dachte er. an dem kind lief saft herunter. er sah den rauch aufsteigen. im erdgeschoss explodierte eine fensterscheibe.

In aller Stille

die stille fiel ihr auf. eine finstere stille. den ganzen wohnblock hatte sie ergriffen. in ihrem briefkasten lag ein zettel, mit stadtwappen rechts oben. sie wollte ihn nicht herausholen, nicht lesen. sie wollte keine amtliche post bekommen. doch jetzt, wo sie ihn gesehen hatte, konnte sie ihn auch nicht einfach wieder vergessen. verloren fühlte sie sich mit diesem schriftstück. es störte und veränderte alles. es herrschte diese stille. in ihrem kopf. in der ganzen häuserzeile. manchmal, meinte sie, kam die stille sogar unter der schweren haustür hindurch. kroch den schmalen flur entlang und legte sich über alles. ein nebliger stille-dementor.

seit der zettel in ihr haus gekommen war, kreiste das wort in ihrem kopf, das auf dem zettel gestanden hatte: evakuierung, hatte es geheißen. manchmal schaffte sie es, das gedankenkarusell anzuhalten. dann heftete sich das wort innen an ihre stirn und brannte dort weiter. wenn sie an die wand starrte, sich ganz auf die wand konzentrierte, sah sie doch immer nur das wort. oder die buchstaben. evakuierung. es war wieder krieg.

auf dem papier war um ihre kleine siedlung ein farbiger kreis gezogen. ein topographischer kartenkreis, der offensichtlich zur evakuierung dazu gehörte. evakuierung. das hieß, sie würde ihr zimmer verlassen müssen.

der mannschaftswagen der einsatzkräfte hielt vor ihrem haus. genau genommen vor der langen treppe, die hoch zu ihrem haus führte. ihr haus war in den einzigen berg gebaut, den es in der stadt gab. oben auf dem gipfel wohnten ihre vermieter. sie bewohnte die kleine einliegerwohnung im erdgeschoss. von hier oben beobachtete sie die stadt. und die schwer bewaffneten polizisten, die sich unten auf der straße sammelten. die stille hatte sich zu einer art nebel geformt.

die polizisten riefen etwas durch ein megaphon, das sie nicht verstand. sie konzentrierte sich stattdessen wieder auf die wand. evakuierung. was bedeutete das eigentlich? dass die polizisten ihr haus stürmen würden? da war eine erinnerung. schemenhaft, undeutlich.

zuerst hörte sie die schritte. es war kurz vor 19 uhr. männer in schwarzer armeekleidung, mit helm, maschinengewehr und dicken westen kamen die stufen zu ihrer wohnung hinaufgelaufen. ein nebliger tag, eine blaue stunde, schwarze gäste. dachte sie. und zitterte. und schwitzte. und.

dann klingelte es.

sie hielt die luft an.

nichts geschah. niemand rief: „hier ist die polizei". es war nicht so wie im fernsehen. da rief immer jemand „hier ist die" und bei „polizei" hatte schon einer die tür eingetreten. im fernsehen waren sie immer zu zweit. sie überlegte kurz, wie viele paar füße sie gehört hatte. der mann, der bei ihr geklingelt hatte, blieb regungslos mit seinem gewehr im arm am treppenabsatz stehen und wartete.

öffne niemandem die tür, erinnerte sie sich, hatte die tante gesagt. immer wieder. niemandem! hatte sie betont. hinter der haustür hatte die tante ein eisenrohr versteckt. punkt 19 uhr hatte sie alle türen und fenster verschlossen. auch, wenn es noch gar nicht dunkel war. erzählt hatte sie nie viel. nur einmal, eher aus versehen, hatte sie vor sich hin gemurmelt. es hatte wieder einmal geklingelt. einfach so. kinder wahrscheinlich. oder der paketbote. vielleicht aber auch nicht. zumindest nicht in den erinnerungen der tante. da hatte sie zum eisenrohr gegriffen. und mehr leise als aufgeregt ein bisschen was gesagt. ihr war noch aufgefallen, wie distanziert die tante war. nur dass es keine erzählung war, das hatte sie gespürt. wie man als kind immer die wahrheit spürt.

der staub hatte sich auf alles gelegt. am schlimmsten war die trockenheit, die er hinterließ, sagte die tante. in der nase, im mund. man bekam kaum luft. ich hörte die rufe, den lärm, sagte die tante. als kind hatte sie nicht weiter gefragt. jetzt, als der polizist mit dem gewehr vor ihrer tür stand, da begriff sie plötzlich.

die einschläge hatte sie nicht gehört, die spürte sie. ihren befreier hatte sie nicht bemerkt. erst viel später, da lag er schon auf ihr. obwohl der krieg vorbei war. er hatte noch ein stück schokolade im mund, und sie kaute auf einem kaugummi. bei jedem stoß. dabei starrte sie unentwegt auf die wand, auf schutt und asche, bis sie auch ihre lippe blutig gekaut hatte. als er fertig war, wischte er über ihren mund mit dem weißen taschentuch, das sie in der hand gehalten hatte.

da war kein blut, nur entschlossenheit. neben ihr hatte die ganze zeit das kind gesessen. ganz still. es weinte nicht. davon erzählte sie später noch oft. dass das kind nicht geweint hatte. das ging ihr noch heute so. sie weinte nicht.

über dem haus rotierte ein hubschrauber. später, als ihre vermieter zurückgekommen waren, hätte sie nicht mehr zu sagen gewusst, ob sie zuerst den knall gehört, das beben, den staub gespürt hatte. oder das pfeifen in ihren ohren. instinktiv hatte sie sich ein weißes taschentuch über die blutige lippe gelegt.

nein, geweint hatte sie nicht.

Die Stadt

die sonne strahlte mehr weiß als gelb. nur wenige menschen waren auf der straße und verschmolzen schritt für schritt mit dem asphalt. die stadt wirkte konserviert. sie war von der straße abgekommen und ein stück am fluss entlang über die grünfläche gelaufen. es gab keinen weg, noch nicht einmal einen pfad. sie setzte sich ans ufer, nur für einen moment, dachte sie. einen moment auf der grünfläche. auf dem fluss schaukelte ein stück holz. es sah aus wie eine ente, die auf dem rücken schwamm. je länger sie das stück holz beobachtete, desto sicherer war sie, dass es eine ente war. die füße ragten zusammengekrallt zum himmel, die federn lagen an ihr wie eine letzte rüstung. wie lange schon die stadt begonnen hatte zu schweigen, hätte sie nicht zu sagen gewusst. seit die menschen im asphalt verschwunden waren, rührte sich nichts mehr. bis auf ein geräusch, das sich von der vollendeten stille abhob. sie konzentrierte sich und hielt für einen moment die luft an. da merkte sie es. unter ihr bewegte sich etwas. aus den augenwinkeln sah sie kleine erdklumpen über den eingerissenen boden rollen. wahrscheinlich war es die trockenheit. sie fixierte die stelle, doch erde und gras verschwammen zu einer undeutlichen grünbraunen masse. je mehr sie sich konzentrierte, desto deutlicher vermischte sich das geräusch mit ihren gedanken.

erste kleine erdklumpen rollten an sie heran. unwillkürlich zog sie ihre füße näher zu sich. vielleicht ein maulwurf? vielleicht ein unterirdischer hohlraum? eine erschütterung von einem gang, einem u-bahn-schacht oder einem bunker? kurz überlegte sie, ob sie in das loch fallen könnte.

als die sonne einen bogen beschrieben hatte, türmten sich links und rechts neben ihr kleinere erdhügel. unablässig brachen die steine aus der erde. staubig, trocken, hart. sie legte ihre hand auf einen der erdklumpen und spürte, dass darunter etwas steinhartes, raues hervorkam. wie ein milchzahn, der sich durch den kiefer bohrte.

dann kam keine erde mehr, das steinharte raue etwas war lautlos weitergewachsen. irritiert blickte sie sich um. sie war von einer steinmauer umgeben.

sie hatte keinerlei erinnerung, warum sie nicht aufgestanden, über die mauer geklettert, warum sie nicht einfach fortgegangen war. sie konnte es nicht sagen. die mauer reichte ihr längst über die brust. wollte sie darüber blicken, hätte sie sich schon aufstellen müssen. doch es gab keinen grund aufzustehen. dann schloss sich die steinmauer über ihr. sie saß in einem steinernen iglu.

es war stockfinster. und still. außer ihren gedanken war da nichts mehr. sie versuchte sich an die dunkelheit zu gewöhnen, einen spalt ausfindig zu machen, durch den das licht der straßenlaternen oder wenigstens der mond scheinen musste. aber sie blickte nur in einen vollständig schwarzen raum, egal, wohin sie sich drehte. es blieb alles schwarz. schwarz und still.
und kalt.
sie fror.

die härchen auf ihren armen vibrierten. die kälte kam aus dem schwarz. aus tief innen. aus den mauern.

sie war nicht ruhig. gar nichts war ruhig. farben tobten in ihrem kopf. wie viel luft würde bleiben? und dann? wenn keine mehr da war?

sie spürte schon die müdigkeit. und eine räumliche klarheit, die sie erstaunte. ging das? dass man sterben nicht merkte?

sie stellte sich das sterben vor. erst einmal ohne den tod.

bei anbruch der dunkelheit spielten doch immer die gypsy-musiker am parkeingang. spätestens in der nacht kamen graffitisprayer. sie kamen immer. die häuser der stadt zeugten davon. dann der alte mann im speckigen parker mit seinem fleckigen dackel zappa, über den alle lachten. ihr steinhaus würde nicht unentdeckt bleiben. sicher nicht. sie müsste einfach nur laut rufen und der spuk wäre vorüber. lautlos bewegte sie ihre lippen.

die ganze nacht würde sie mit ihnen zusammensitzen, mit den musikern, den punks, den sprayern, dem dackel zappa. sie würden die mauerreste als grillplatz nutzen, bier trinken, sie eher diesen süßlichen schnaps, und sich abenteuerliche geschichten erzählen. dann fiel ihr ein, dass sie für den abend mit ihrer freundin verabredet war. sie würde sie anrufen, jetzt gleich.

sie tastete nach ihrem smartphone.

gleich würde ihre freundin kommen, dieser tag war eine einzige kunstperformance, ein trip.

doch das handy blieb so schwarz wie alles um sie herum.

wie hatte sie die verabredung mit ihrer freundin vergessen können?

alles fühlte sich noch so an, als wäre es mittag, die sonne schien, die ente oder das stück holz schaukelten geräuschlos auf dem fluss, die wiese roch frisch gemäht. sie würde sich für einen moment setzen. nur für einen moment. wartete ihre freundin? merkte sie, dass etwas nicht stimmte? was dachte sie wohl, wenn sie nicht kam?

was, wenn niemand kommen würde?

wenn alles seinen normalen gang ging und gar nicht auffiel, dass sie fehlte? es musste doch einen spalt in der mauer geben. jedes mauerwerk hatte fugen, ritzen, irgendetwas. die kälte stieg von den härchen ihrer arme hinunter in ihre beine.

sie hörte sich schreien. vielleicht war es auch nur ein flüstern. sie spürte weder ihre hände noch ihre beine. die mauer würde wie ein kartenhaus in sich zusammenfallen, sie musste nur feste genug dagegen schlagen. aber nichts geschah. sie hockte gekrümmt auf dem boden. sah wirklich niemand dieses ungewöhnliche steinhaus mitten in der stadt?

mitternacht, dachte sie, als in der ferne, ganz leise, aber doch vernehmbar kirchenglocken schlugen. erst mitternacht. die meisten brachen jetzt auf in die clubs. niemand flanierte am fluss entlang. was gab es auch zu sehen. aber am morgen, wenn der berufsverkehr sich wieder wie eine blechmasse über die straße zog, am morgen würde jemand das steinhaus sehen. die straßenkehrer würden kommen, ihnen würde das steinerne ding auffallen, wenn sie die überreste des wochenendes von der wiese fegten. ja, sie musste nur auf morgen warten. am morgen würde sie bestimmt entdeckt werden.

eine weile zählte sie die sekunden.

irgendwann zählte sie laut.

fabulierte wörter, die sie so oft wiederholte, dass sie ihr fremd wurden.

ununterbrochen erfand sie wörter.

stützte sich an der rauen wand ab und sang gegen die panik an. waren die steine enger herangerückt? sie tastete wieder und wieder dagegen. wie konnte sie sichergehen, dass die mauer ihre entfernung zu ihr einhielt? was, wenn sie im schlaf erdrückt würde? nur noch ein paar momente aushalten, hilfe war sicher längst auf dem weg. sie versuchte sich zu erinnern, wann dieser tag diese wendung genommen hatte. wie konnte das sein, dass sie inmitten einer so großen stadt unbemerkt von einem steinhaus gefangen genommen wurde?

wütend und verzweifelt versuchte sie mit den fingern ein loch unter der wand hindurch zu graben. im gleichen rhythmus, zentimeter für zentimeter, wuchs die steinmauer unten nach. im morgengrauen, endlich, bemerkte sie den riss in den fugen. ein leichter, kaum spürbarer lufthauch hatte ihn verraten. eine stelle, an der der stein bröckelte. sie merkte es. sie stellte es sich vor. wie sie den spalt gefunden hatte. das licht hatte ihn verraten. die geräusche des morgens drangen hindurch. der geruch von frischem, taunassem gras. irgendwann wäre der spalt so groß, dass sie nach draußen sehen könnte. stück für stück.

die menschen würden die wiese einnehmen, wie früher. mit ihren decken, tobenden hunden und wackelnden kindern. sie würde sich noch einmal ans ufer setzen, nur für einen moment. einen moment auf der grünfläche. und auf dem gurgelnden fluss würden stockenten nach kaulquappen tauchen.

Anna

das buch war heruntergefallen. einfach so. sie hatte es nicht bemerkt. jetzt lag es im sand, aufgeschlagen, die buchstaben kopfüber.

das meer kam aus der ferne und aus der tiefe.

die frau stürzte sich in das dunkle, schäumende wasser. eigenartig mutete an, wie sie mit dem schwarzen wasser spielte. mal tanzte ihr körper oben, dann wieder tauchte er unter der kleinen wasserwand hindurch, die sich kurz aufbäumte und dann sprudelnd auf dem strand ausrollte. auf und ab. bis sie nur noch ein punkt war, der dem leeren horizont entgegen schwamm.

mir ist kalt, dachte anna. das ewige spiel der zeit hat uns einfach verschluckt, sagte anna.

franziska sagte nichts. sie blickte mit geschlossenen augen dem meer hinterher, eine nasse haarsträhne über den augen.

anna blickte auf. sie konnte franziska berühren, manchmal, wenn sie nicht wusste, ob sie noch da war. sie konnte mit ihr sprechen, sie etwas fragen und mit ihrer antwort weiterleben, auch wenn sie schwieg. für einen moment atmete anna franziskas rhythmus, ihren geruch, ein wenig zigarettenrauch, ihr parfüm, das verkrustete salzwasser auf ihrer haut.

unablässig spielte der wind mit franziskas haarsträhne. anna wartete darauf, dass sie das spiel mit einer flüchtigen bewegung beendete. franziska konnte das. sie konnte zeit mit einer handbewegung ungeschehen machen.

auf der straße war es still. die meisten bewohner waren längst zu hause. oder tanzten das wochenende in viel zu hellen clubs durch.

eine straßenkehrmaschine kam anna entgegen und verspritzte wasser gegen den schmutz der nacht. ein paar stare flogen aus ihren nachtquartieren, vielleicht zum letzten mal. im bahntunnel rann urin von den kacheln. hier in den zwischendecks fuhr keine reinigungsmaschine, hier kehrte auch niemand. es blieb dunkel. die vergilbten neonlampen brachten erst wieder auf dem bahnsteig licht.

eine sonore männerstimme durchbrach die eigentümliche stille und kündigte die durchfahrt eines schnellzuges an. am horizont tauchten die lichter des ICE auf.

anna trat einen schritt auf die gleise zu. eine frau mit brennender zigarette in der hand trat neben sie. sie starrten auf das schild mit den abgeplatzten buchstaben. rauchen verboten! und wenn die frau, die neben ihr stand, auf die gleise springen würde? dachte anna. was würde sie denken, wenn die lichter des zuges den fremden körper auf den gleisen erfassten, die bremsen kreischten?

wenn der zug ihn im bruchteil einer sekunde berührte. wie eine fliege, die auf die windschutzscheibe klatschte.

anna dachte über das sterben nach. es würde dauern bis der zug zum stillstand käme. es würde still sein.

und ich? fragte sich anna, während der zug immer näher kam.

vermutlich, dachte sie, werde ich einfach stehen bleiben. und warten. warten auf den nächsten atemzug, den nächsten gedanken, den nächsten schritt. vielleicht auch darauf, dass jemand kommt. auf einem bahnhof kommen menschen und gehen.

mit einem langgezogenen zischen raste der zug vorbei. die frau war verschwunden. in einen speckigen parka gehüllt saß die gestalt auf der vollgekritzelten bank, einen alten hund neben sich. still war es. nur touristen, die den in dieser stadt üblichen rhythmus nicht kannten, konnten so offensichtlich warten. dachte anna und fühlte sich einmal mehr als gast ihres eigenen lebens. franziska zündete sich eine zigarette an und warf die leere packung auf die gleise. es war still und kalt. manchmal meinte anna den mann in dem speckigen parka atmen zu hören. sie schloss die augen. der bahnhof kreiste unmerklich. ihr atmen hatte sich auf einen eigentümlichen gleichklang verständigt. anna holte tief luft und brachte damit den rhythmus durcheinader. der mann bemerkte sie nicht. franziska hustete. unmerklich verschmolz sie mit der zeit, die sie umgab. das stellwerk ratterte, und die eckige rote bahn quoll mit ihren nie enden wollenden wagen aus der schwarzen öffnung. der fahrtwind fuhr ihr grob ins gesicht und verfing sich in ihren haaren. eine frau stolperte aus dem zug. junge männer hingen erschöpft an den zerkratzten fensterscheiben. bahnarbeiter in ihren orangen overalls standen im hinteren abteil. franziska zertrat ihre zigarette auf dem bahnsteig. sie setzten sich auf eine der bunten, durchgesessenen viererbänke. niemand sprach. franziska lehnte sich gegen das fenster und schloss die augen. was mochte sie denken? sie schlief nicht wirklich. sie spürt genau, wie ich sie anschaue, dachte anna, und starrte aus dem fenster der frau hinterher.

regentropfen zogen ihre bahnen. sie fielen und fielen. das wasser im rinnstein schwoll immer weiter. sie zog die vorhänge zurück. tiefschwarz starrten die fenster auf die straße. der wind spülte wellen mit zigarettenkippen an die treppenabsätze. die ganze nacht über hatte sie keinen schlaf gefunden.

jetzt klebte die kalte luft den schweiß auf ihre haut. anna starrte in den dunkelgrauen himmel. keine sterne, nur die lichter der straßenlaternen drangen durch die dunkelheit. in der fensterscheibe spiegelte sich jemand, den sie nicht kannte. sie schloss die augen. bilderfetzen tauchten auf. es roch merkwürdig. nach fisch. dachte anna. sie war froh, dass sie niemanden in diesem großen, alten haus kannte. ihre nachbarn unterschied sie nach schritten. dem schlagen der türen. den kochdüften, die durch die lüftungsschächte drangen. hatten die nachbarn umgekehrt eine vorstellung von ihr? reservierten sie ihr in ihren phantasien eine eigene geschichte? wer war sie, die frau aus dem dachgeschoss?

reklameschilder spiegelten sich verschwommen auf den nassen pflastersteinen. stumm hockte ein pärchen am tresen. sie schwiegen sich und ihre gläser mit dem schwammigen blick der profitrinker an. die frau blickte auf, als sie den raum betrat. leise rieselte musik. der barmann mixte einen dunklen cocktail. die frau zog zigaretten aus der jackentasche und setzte sich neben sie. anna blickte sie an. der rauch zog ihr ins gesicht. sie starrte in die weißlichen schwaden. sie fand den roten faden nicht. der rauch war ein stück der frau. sie genoss es, am anderen morgen nach ihrem rauch zu riechen. so konnte sie die nacht in den nächsten tag mitnehmen. der barmann balancierte scotch-whisky und amaretto, schlicht und wirkungsvoll. der godfather katapultierte sie augenblicklich aus der welt.

die rauchschwaden waren verzogen. stundenlang hätte sie der frau zuhören und sie ansehen können. aber sie sagte gar nichts. sie schaute flüchtig zu anna. jedes wort hätte gestört, denn es hätte etwas einzufangen versucht, das noch niemals ein wort gesehen hatte. die frau hatte eine tür in ihren augen geöffnet, durch die sie langsam eintrat in eine welt voller unruhe und leichtigkeit, neuer türen und verhangener fenster. anna wusste sich nicht aufzuhalten und setzte sich einfach in die mitte des raumes, in dem sie sich befand. nach dem fünften godfather kippte sie mit dem kopf auf die tischkante und blieb dort liegen. es geht immer weiter. sagte sie, aber sie wusste schon nicht mehr, zu wem. die frau lachte. anna schluckte mehrere schmerztabletten und bestellte sich einen letzten drink. die gestalten am tresen waren längst verschwunden. der barmann wischte hinter ihrem geld den tisch ab und wünschte einen schönen abend. als sie auf die straße trat, fühlte anna sich leicht wie lange nicht. sie wusste, dass sie fliegen würde. zusammen mit der frau würde sie über die dächer der stadt fliegen. sie würde erstmals die architektur der verschachtelten häuser mit ihren innenhöfen begreifen und sich ein bild machen können von dem leben, das im verborgenen, aber allen bekannt, stattfand. sie zog die frau mit sich fort, hinein in einen dunklen eingang, in dem sie alleine waren. es kam niemand, niemand würde die szene unterbrechen. die hauptdarstellerin küsste gerade den hauptdarsteller. letzte szene.

anna schloss ihre augen und machte sie nie wieder auf.

der raum war leer. nur eine fliege irrte umher und summte viel zu laut. das licht fiel auf das linoleum, ein paar stühle wackelten. von den wänden hatte jemand den putz abgekratzt.

ein käfer bereitete sich aufs sterben vor. in einer waschmittel-
lache auf dem flur schwamm erbrochenes. ein junger mann im
anzug hockte mit einer nadel im arm daneben und schaute zu,
wie sich sein mageninhalt mit dem waschmittel verband.

in aller eile durchlief eine junge frau den flur und hetzte
zu ihrer nächsten verhandlung. sie nahm ein stück des jungen
mannes mit, als sie recht sprach. drei jahre freiheitsentzug
bei gleichzeitiger unterbringung im maßregelvollzug. therapie
gegen strafe, entzug gegen entzug. der angeklagte schwitzte
und zitterte blass in sich hinein. bäume wackelten mit ihren
blättern vor dem staubbedeckten fenster. die zuschauer
warteten zusammengekauert auf die nächste verhandlung.
das gebäude hatte geschichte gesehen. die nadel im arm des
jungen mannes war abgebrochen. blut tropfte mühsam an den
sanitätern vorbei ins leere. der nächste, bitte, rief ein geschäf-
tiger lautsprecher in die gänge. türen öffneten sich, alte
strömten hinaus, neue hinein. unablässig zog sie die rolltreppe
mit sich.

langsam krochen kleine tropfen schweiß durch die
poren. immer mehr quoll aus ihrer gräulichen haut. ganz klein,
nicht größer als ein stecknadelkopf waren die tropfen. annas
herzklopfen schnürte ihr den hals zu. ratlos saß sie hinter
einem viel zu großen tisch. leer und still war es in ihrem kopf.
bilderfetzen tauchten auf. rasche farbmuster, die verschwanden, bevor sie ihre augen so konzentrieren konnte, dass sie
sie sich anschauen konnte. es roch merkwürdig. irgendwie
fischig. keine geräusche drangen hervor.

das telefon hatte geklingelt. mehrmals schon. etwas hämmerte in ihrem kopf. ein traum. dann klingelte es erneut. ihre nase lief. sie wischte mit dem handrücken daran entlang und fing blut auf. es tat weh. überhaupt fühlte sich ihr gesicht merkwürdig an. anna versuchte sich umzudrehen. unter ihr war es nass. so eilig, wie es ging, wankte sie ins bad und übergab sich ins waschbecken. aus dem spiegel blickte ein fremdes gesicht. in ihrem mund lag eisengeschmack. anna spuckte blut. die große uhr im bad zeigte kurz nach sechs uhr. bilderfetzen zogen vorbei. eine echte erinnerung war nicht dabei. keine konturen, nur farben drangen zu ihr vor. und ein merkwürdiges, intensives rauschen, das sich in ihren ohren festgesetzt hatte. warum nur tat ihr kopf so weh? anna bohrte sich ihren daumennagel in den finger und übergab sich erneut. ihr magen war leer, das würgen blieb im hals stecken.

sie lag in in diesem viel zu weichen bett in diesem teuren appartement mit direktem blick auf das meer, als plötzlich die tür aufging. eine frau trat wie selbstverständlich ein und legte eine große reisetasche auf das sofa gegenüber. sie setzte sich neben ihre tasche und schaute anna an. wie im traum, dachte anna und öffnete und schloss ihre augen. sie kannte die frau nicht, die sie musterte. als sie nicht reagierte, stand die frau auf und begann, ihre tasche auszupacken. nicht hektisch, sondern in völliger ruhe. als hätte sie nie etwas anderes geplant, als zu dieser zeit, an diesem ort eine reisetasche auszupacken. vielleicht sieht sie mich nicht, überlegte anna und schaute sicherheitshalber schnell an sich hinunter. sie bewegte unauffällig erst ihre finger, dann ein wenig ihren arm. wer sind sie? anna wollte verstehen. am liebsten wäre ihr allerdings gewesen, die frau wäre mit einem entschuldigenden kopfnicken umgehend aus dem zimmer gelaufen. doch den gefallen tat sie ihr nicht. sie drehte sich lediglich flüchtig zu ihr um und nannte ihren namen, bevor sie fortfuhr, blusen und kleider in den schrank zu hängen. die geschäftige freundlichkeit, mit der sie dies tat, ließ keinen zweifel daran aufkommen, dass sie bleiben würde. mehr stellte sich anna nicht vor.

sie wollte keine beziehung. ihr fiel ein, die verwaltung anzurufen, als die vermieterin schon vor ihrem bett stand, in dem sie immer noch und unangebracht, wie sie fand, lag. und wenn sie sich jetzt einfach auf den rücken drehte? eines tages wacht man auf und stellt fest, man ist ein käfer. haben sie nicht ihren mietvertrag gelesen, fragte die vermieterin. anna erinnerte sich an jeden einzelnen klein geschriebenen satz. die frau in ihrem kleiderschrank war nicht darin vorgekommen. das appartement kann an bis zu vier personen gleichzeitig vermietet werden, da haben sie unterschrieben, sagte die vermieterin. ich will meine ruhe haben! anna war unsicher, ob sie diesen satz nur gedacht oder auch laut ausgesprochen hatte. es schien nicht mehr wichtig. und so war auch egal, dass eine antwort ausblieb. sie stolperte aus dem bett und packte eilig ihre sachen zusammen. die frau hielt nicht inne, ihre kleider einzuräumen. ob sie ahnte, wer als nächstes ihr zimmer teilen würde?

das meer spielte längst wieder mit sich selbst. im sand lag das große fischmesser. sie hatte noch nie fische gefangen. es fühlte sich aufregend an. sie tötete den ersten noch am haken. und wollte den kopf mit dem mitgebrachten messer abtrennen. doch die augen des sterbenden fischs blieben an ihr hängen und ließen sie fortan nicht mehr los. sie hatte ein sterbendes fischauge im kopf. eine erinnerung. für ewig. franziska, dachte sie.

der kreis schloss sich immer weiter. wie eine schlinge passte eins ums andere. die zeit war über die freiheit gewachsen wie ein dichter moosteppich. der fisch hing an der angel. eine schöne, neue angel. sie erinnerte sich, wie er vom wind hin- und hergeschaukelt wurde. sie hatte sich auf ihn konzentriert. währenddessen. war in seine augen eingetaucht. ob er sich gerade für seinen tod rächte? dadurch, dass er einfach zurückstarrte?

die zeit zog leise davon. das meer spülte andere tote fische ans ufer. blutleer. weit waren die schnitte an ihren kehlen aufgeklafft. die anderen fische hatten nichts davon angerührt. niemals.

als es abend wurde, fiel ihr das aufstehen schwer.

franziska griff ein croissant aus dem brotkorb und strich marmelade darauf. anna fühlte nichts. der morgen und der abend gehörten schon lange nicht mehr zur gleichen welt. sie wusste nicht, wohin sie schauen sollte. sie wollte sich an franziska erinnern. doch die erinnerung würde sich mit jedem tag, jeder stunde, jeder minute verändern. sie wusste es. ihre arme fühlten sich ungewohnt schwer an und fielen von der lehne. franziskas strähne fiel über das croissant. sie blickte auf die zeitung. wie jeden morgen. sie beobachtete die strähne, die in dem marmeladencroissant hing und sich nicht mehr aus der klebrigen masse befreien konnte. die strähne hatte ihren meister in einem marmeladencroissant gefunden.

franziska lehnte sich zurück. ihre augen richteten sich auf anna. anna konnte ihren blick nicht erwidern. sie hatte angst, hinter ihre augen fallen zu müssen und verschluckt zu werden. sie wollte sich alles einprägen und blieb an der strähne hängen. sie streckte ihre hand aus, sie zu berühren. franziska wehrte sich nicht. war das die wahrheit? wollte anna noch sagen.

„hörst du mich?", fragte franziska. als letztes.

ja, sie hatte sie gehört. klar und deutlich. das messer steckte noch im marmeladenglas.

ziellos irrte sie an den häusern vorbei. die schmerzen wurden immer stärker. sie konnte kaum noch auftreten. es war kein stechender schmerz. eher dumpf breitete er sich in ihr aus. in ihrem kopf. ihren gedanken. konnte man einfach aufhören, den nächsten schritt zu gehen? stehen bleiben? mitten auf der straße. während links und rechts die anderen vorbeiliefen, als wäre man eine straßenlaterne oder ein mülleimer, auf jeden fall etwas unabänderliches, das schon immer zum straßenbild gehört hatte. wollte sie zum straßenbild werden?

anna lief weiter. setzte einen fuß vor den anderen. es war so einfach, eine natürliche bewegung. sie wollte aufhören. stehen bleiben. der schmerz fraß sich immer tiefer durch ihren körper. es ging die sprache, nicht die zeit.

franziska, rief jemand aus dem offenen fenster.

franziska!

franziska. wo hatte sie diesen namen schon einmal gehört? ein schöner name. er gefiel ihr.

sie würde ihn behalten.

Waldmoor

da war diese unergründlich tiefe stille. die vögel schwiegen. mit den geräuschen stand die zeit still. doch sie hatte etwas gehört. etwas, das durch die stille gebrochen war. kann ein geräusch einfach ein geräusch sein? dann hörte sie es wieder. da atmete jemand. schnappte nach luft. sie drehte sich um und erstarrte.

im moor lag eine frau.

sie bewegte sich nicht. nur ihre augen waren weit aufgerissen. schlammig schwarzes wasser lag auf ihren lippen und erzeugte dieses geräusch. die frau schluckte und spuckte. sie starrte auf die blubbernde brühe, die aus ihrem mund quoll. unfähig, etwas zu tun. unfähig, etwas zu denken. unfähig, ihren atem zu kontrollieren, der sich immer mehr dem rhythmus der sterbenden frau anpasste.

ein abenteuer, dachte sie. sie hatte das noch nie gemacht. sich mit jemandem aus dem internet verabredet. jetzt freute sich auf eine neue fototour. ULF_73 hatte ebenfalls über die verlassene siedlung recherchiert, ein aufgegebener militärstützpunkt, der verborgen in einer großen moorlandschaft liegen sollte. es gab keinerlei offizielle koordinaten. es gab nur geschichten. sie glaubte nicht an gruselige moorgeschichten. sie glaubte nicht daran, dass menschen nicht mehr zurückkehrten. und als ULF_73 schrieb, er hätte die siedlung gefunden, verabredete sie sich.

er kam auf einer 690er duke, trug sneakers, eine grobe cordhose und auf dem rücken einen unförmigen fotorucksack. sie lachte. der duke, wie sie ihn ab sofort nannte, sagte nur: hi! er hatte ziemlich kleine augen.

die koordinaten, die richtigen, sagte er, die hatte er von jemandem beim landratsamt. fährt auch eine duke, sagte er, als sei damit alles geklärt.

sie gab die koordinaten in ihr smartphone ein. als sich der duke kurz danach alleine auf den weg machen wollte, nickte sie nur. er suchte die siedlung und er schien es eilig zu haben. auf jeden fall schien es ihm zu missfallen, dass sie dauernd stehen blieb, um zu fotografieren. später hätte sie nicht mehr sagen können, in welche richtung er eigentlich verschwunden war.

über dem moor dampfte die mittagssonne. eine seltsame landschaft erschien da im gegenlicht. ein moor mitten im wald. zuerst dachte sie bei dem geräusch an trockene blätter, vielleicht eine maus oder ein vogel. ein leises rascheln, nur ganz kurz. dann war es wieder still im moorwald. so als wenn selbst die maus oder der vogel jedes unnötige geräusch vermeiden wollten. dann meldete sich der eichelhäher. sein rufen kam aus der dichten tannenschonung weiter rechts von ihr. sie erschrak. zu sehr hatte sie sich zuletzt auf ausschnitte, belichtungen und die richtigen bildeinstellungen konzentriert. jetzt war das bild komplett verwackelt. erst das knacken, jetzt dieser ruf. sie blickte auf ihre uhr. über eine stunde war vergangen, seit der duke alleine losgezogen war.

duke? rief sie, unschlüssig, ob sie alleine in den wald laufen sollte. der duke. das klang laut ausgerufen und in einem unzugänglichen wald völlig albern. sie wusste gar nicht, wie er richtig hieß. jetzt konnte sie es aber doch deutlich hören. aus dem rascheln war ein vernehmbares knacken geworden, wie von brechenden ästen. es hallte durch den ganzen wald. sie wurde nervös. da rannte jemand. floh unbeholfen durch das baumdickicht.

eilig verstaute sie die kamera und lief ein stück den weg entlang. ihr wurde bewusst, dass sie sich inmitten eines riesigen wald- und moorgebietes befand, offensichtlich allein mit dem, der da rannte. die koordinaten auf ihrem smartphone wiesen ihr einen ort zu, der rund 200 km weiter östlich lag. irritiert lief sie weiter. sie schrieb es dann auch dem zufall zu, als sie nach einigen hundert metern auf die ersten zugewucherten häuser traf. sie standen kaum erkennbar zwischen den dichten tannen. kleine einheitsbauten im stil der 1950er jahre, aufgereiht und schweigend, dunkle fenster wie große ungläubige augen. die verlassene siedlung erschien wie ein nicht enden wollendes areal. das also war er, der geheimnisvolle militärstützpunkt von der größe einer stadt. sie hatte ihn gefunden.

ULF_73, den duke, entdeckte sie nirgends. kurzzeitig vergaß sie auch die brechenden ästen, die sie eben noch gehört hatte. je weiter sie durch die siedlung ging, desto häufiger tauchten zwischen den tannen einzelne sonnenstrahlen die häuser in ein warmes licht.

schlaff lag der schlammige moorsee in der sonne. der arm hing halb auf dem holzstamm.

er lächelte tief in sich hinein.

mit den koordinaten schien wirklich etwas nicht zu stimmen. sie zeigten weder ihren aktuellen standort noch den platz an, auf dem sie ihn mit seinem motorrad getroffen hatte. sie tastete sich durch das dornige gestrüpp zum haupthaus. an der eingangstür warnte ein verblichenes schild vor der einsturzgefahr. es war kalt und roch nach schimmel. die vergilbten tapeten rollten von den wänden. mehrere balken waren eingebrochen. eine morsche treppe führte abwärts. hier findet einen niemand, dachte sie, und wusste nicht, warum sie das gedacht hatte.

der keller hatte keine fenster. sie leuchtete mit ihrem smartphone in den raum. mitten im zimmer lagen säckeweise leere wasserflaschen, ein stapel originalverpackter spritzen, desinfektionsmittel und mehrere kyrillisch beschriftete medikamentenpackungen. daneben ein routenplan. die eingezeichnete strecke führte direkt in die siedlung. und er schien komischerweise mit ihren koordinaten übereinzustimmen.

sie drehte sich um. wo war der duke? warum hatte sie sich nicht nach seinem richtigen namen erkundigt?

im rückwärtsgehen stieß sie einen großen topf um. scheppernd fiel er zu boden. eine dickliche, braune flüssigkeit warf wellen. sie hielt die luft an.

dann hörte sie die stimmen.

nicht weit entfernt redete jemand auf jemand anderen ein. sie verstand nichts. sie musste ungesehen hinauskommen. zur not spurten. sie sah niemanden. jetzt war es auch wieder still. hatte sie sich geirrt? aber die stimmen waren deutlich zu hören gewesen. das konnte unmöglich der wind gewesen sein.

sie rannte so schnell und so geräuschlos wie möglich aus dem haus, weg von dort, wo sie die stimmen vermutete. und zurück auf den weg, den sie gekommen war. jetzt war es hilfreich, dass sie mehr auf die landschaft geachtet hatte als auf ihr offensichtlich defektes gps. dachte sie, als sie die 690er duke am rand der skurrilen moorlandschaft stehen sah, die sie vor kurzem noch fotografiert hatte. sie rannte auf das motorrad zu.

er stand ein paar meter abseits.

ein letztes mal schnappte die frau im moor nach luft. dann blieb es still.

Sagte Anna

auf dem flur, an den gepolsterten stühlen vorbei, die so viele tränen aufgesaugt hatten. ich hatte getobt. sagte anna später zu mir. irgendetwas i.v.. und dann drei stunden tischtennis. ununterbrochen. ich war der held. sagte anna. hinterher.

helden sind die, die sich vom system der pillen, der fixierungen, der ausgangssperren nicht klein kriegen lassen. erklärte anna.

ich war der held. strahlte anna.

als ich mit der abgerissenen türklinke auf die trage stieg. den arzt noch auf dem rücken festgeschnallt.

ich war der held.

wie der frosch bei kippenberger. kicherte anna.

erst beim aufstehen sah ich, dass sich der arzt mit der spritze an meine hände getackert hatte. prustete anna und schraubte sich die glieder ab.

Inhaltsverzeichnis